# VENTE

## du Vendredi 10 Novembre 1911

### HOTEL DROUOT — SALLE N° 10

#### A 2 HEURES

EXPOSITION PUBLIQUE

*Le Jeudi 9 Novembre 1911*

DE 2 HEURES A 6 HEURES

# TABLEAUX

## Dessins - Aquarelles

COMMISSAIRE-PRISEUR :

**Mᵉ Gaston FRANÇOIS**

23, *Rue Le Peletier*, 23

EXPERT :

**M. G. CAMENTRON**

Expert près les Douanes françaises

43, *Rue Laffitte*, 43

C. Chaufour, Imprim.
6-8, Rue Milton, Paris

## CONDITIONS DE LA VENTE

La vente sera faite expressément au comptant.

Les acquéreurs paieront *dix pour cent* en sus des enchères.

L'exposition mettant le public à même de se rendre compte de la nature et de l'état des objets, aucune réclamation ne sera admise une fois l'adjudication prononcée.

# DÉSIGNATION

---

## TABLEAUX

### APPIAN

1 — *Bords de rivière.*

### BALLAVOINE

2 — *Portrait de jeune femme.*

### BOUDIN

3 — *Paysage (Souvenir de Ferrocques).*

### BERTRAND

4 — *Chats.*

## BRAQUAVAL



## BREITCHEINDER



## CABAT



## CANALETTO (Ecole de)



## CARRACHE (Ecole du)



## CHABRY



## CHINTREUIL



## CHRÉTIEN

## CICÉRI (Eug.)

13 — *Environs d'Honfleur.*

## CLARY-BAROUX

14 — *Bords de rivière.*

## CLARY-BAROUX

15 — *Le Printemps.*

## COLIN (Raphael)

16 — *Sujet galant.*

## CONSTABLE (Attribué à)

17 — *Marine.*

## COUTURIER

18 — *La Basse-Cour.*

## CURTIS

19 — *La Causette au Luxembourg.*

## DABAUCOURT

20 — *Jeune femme.*

Ovale.

## DE PENNE (O.)

29 — *L'Enfant au chien.*

## DESBROSSES (Jean)

3o — *Le Fournil de la ferme du moineau.*

## DESBROSSES (Jean)

3i — *Entrée de bois.*

## DESHAYES

3² — *Le Pêcheur.*

## DEVERIA

33 — *Scène familiale.*

Vente Alexis Rouart.

## DUPRÉ (Victor)

34 — *Vaches s'abreuvant.*

## DUFEU

35 — *Procession à Venise.*

## DUPRAT

36 — *La Seine à l'Institut.*

## DUPRAT

37 — *Venise au soleil couchant.*

## DUPRAT

38 — *Le Gondolier.*

## DUPRAT

39 — *Venise.*

## DUPUY

40 — *Jeune berger assis sur un rocher.*

## ÉCOLE ANGLAISE

41 — *Jeune femme au grand chapeau.*

## ECOLE FLAMANDE

41 *bis* — *Allégorie.*

## ÉCOLE ERANÇAISE

42 — *Effet de lune sur un étang.*

## ÉCOLE FRANÇAISE

43 — *Tête d'homme.*

ÉCOLE FRANÇAISE

44 — *Portrait.*

ÉCOLE FRANÇAISE

45 — *Jeune fille.*

ÉCOLE FRANÇAISE

46 — *Portrait.*

ÉCOLE FRANÇAISE

47 — *Interieur de ferme.*

ÉCOLE FRANÇAISE

48 — *Ruines.*

ÉCOLE FRANÇAISE

49 — *Jeune Italienne.*

ÉCOLE FRANÇAISE

50 — *Maternité.*

ÉCOLE FRANÇAISE

51 — *Le Port.*

## ÉCOLE FRANÇAISE

52 — *Paysage.*

## ÉCOLE FRANÇAISE

53 — *Paysage.*

## ÉCOLE VÉNITIENNE

54 — *Scène religieuse.*

## ÉCOLE VÈNITIENNE

55 — *Scène Religieuse.*

Caare bois sculpté.

## FOUACE

56 — *Jeune Femme nue se mirant.*

## GIRAN-MAX

57 — *Le Chasseur.*

## GIRODET

58 — *Tête de Bacchante.*

## GŒNEUTTE

59 — *Noce Rustique.*

## GUILLOUX (Charles)

60 — *Le Tréport.*

## GUILLOUX (Charles)

61 — *La Seine à la Frette.*

## HÉREAU (Jules)

62 — *Les Laboureurs sous la pluie.*

## JACOMIN

63 — *Vaches à l'abreuvoir.*

## JACOMIN

64 — *Paysage.*

## JAPY (L.)

65 — *Paysage.*

## JAPY (L.)

66 — *Paysage.*

## JEULA

67 — *Sous bois.*

## JOUVE

68 — *Bouquet de fleurs.*

## KIERBOÉ

69 — *La Promenade en forêt.*

## LAMBINET (Émile)

70 — *Sous bois au soleil couchant.*

## LENFANT DE METZ

71 — *Intérieur de Cathédrale.*

## LEROY

72 — *Jeunes chats dans un panier de fleurs.*
(Envoi de Nice).

## MALLEBRANCHE

73 — *Effet de neige.*

## MAUFRA (Maxime)

74 — *La mer vue du haut des falaises de Laguivy (matinée).*

## MILLET (François Fils)

75 — *Paysannes chargées de fagots (paysage
d'hiver).*

## MONNOYER

76 — *Bouquet de fleurs.*

## MONTICELLI

77 — *Scène de Faust.*

## MONTICELLI

78 -- *Portrait d'homme.*

## NOEL (Jules)

79 — *Le Port de Brest* (salon de 1840).

## PASINI

80 — *Marchand Arabe.*

## RUBENS (Ecole de)

81 — *Descente de croix.*

## SCHENCH

82 — *Troupeau de chèvres dans la montagne.*

## SÉGÉ

83 — *Promenade à cheval.*

## SEIGNEURGENS

84 — *Le Troupeau.*

## St-EVRE (DE)

85 — *Allégorie : la Chimie, la Peinture.*

## STEVENS

86 — *Marine, gros temps sur la Manche.*

## TANOUX

87 — *Après le bal.*

## TIMMERMANS

88 — *La Tamise à Londres.*

## TIMMERMANS

89 — *La Seine à Paris.*

## TOULMOUCHE

90 — *Jeune femme lisant.*

## TROYON



## TROYON (Attribué à)



## VERNON (Paul)



## X

# AQUARELLES

### BOUDIN

96 — *Barques de pêche à Dordrecht.*

### CHINTREUIL

97 — *Soleil couchant.*
(Vente Desbrosses).

### DECAMPS (Attribué à)

98 — *L'Entrée de la carrière.*

### DONZEL

99 — *Bords de rivière.*

### ROUSSEAU (Ph.)

100 — *L'Attente du retour du pêcheur.*

# DESSINS

## DAUBIGNY

101 — *Fleurs.*

## ECOLE FRANÇAISE

102 — *Marine.*

## WALLIN

103 — *L'Amour mâté par la grâce.*

# PASTEL

## DUEZ

104 — *Paysage, soleil couchant.*

---

105 — Lot d'environ 5o cadres de divers styles.

(Sera divisé).

www.ingramcontent.com/pod-product-compliance
Lightning Source LLC
LaVergne TN
LVHW011506170726
843501LV00009B/3634